¿Hay alguien en casa?

por Marianne Berkes

ilustrado por Rebecca Dickinson

Zara Zarigüeya necesitaba una casa.
Miró a lo alto del concurrido árbol
de roble. ¿Había lugar para ella?

Mientras Zara trepaba el árbol, pisó algo pegajoso.

"Oye, mira por dónde vas", dijo Ana Araña. "En este momento, terminé de tejer mi telaraña. No quiero que la arruines".

"¿Vives aquí?", preguntó Zara.

"Sí, y es donde atrapo mi comida, pero a ti no te puedo comer. Así que, ¡no me enchinches!".

"Necesito una habitación", dijo Zara.

"¡Pedro Petirrojo tiene una casa en lo alto del árbol!".

"¿Era ése, el que tenía hierba en el pico?", preguntó Zara.

"Él usa hierbas y ramitas. Yo tejo seda: hilos secos o pegajosos. ¡Todos nosotros construimos nuestras casas de distinta manera!".

"Yo no hago casas. Busco un lugar para rentar".

"Pues, buena suerte", dijo Ana, observando un insecto atrapado en la parte pegajosa de su trampa.

"¿Hay alguien en casa?", preguntó Zara.
"¡Aléjate!", trinó Pedro. "¡Nuestros bebés
están saliendo del cascarón!".

"Yo también voy a tener bebés".
"¡Nosotros construimos nuestro nido en lo alto para mantener alejados a los depredadores como tú!".

En ese momento, Bety Abeja pasó zumbando. "Quizás ella me puede ayudar", pensó Zara.

"¿Hay alguien en casa?", preguntó Zara.

"Bueno, sí", respondió Bety. "Muchas de nosotras vivimos juntas en nuestra colmena. Guardamos el polen y la miel en celdillas y cuidamos de nuestra reina que pone muchísimos huevos".

"Es una dulzura de casa, pero no necesito vivir con ninguna reina", dijo Zara.

"Quizás deberías intentar la madriguera de Ale Ardilla que está un poco más abajo", sugirió Bety. "Puede que aún esté recogiendo nueces, pero pronto estará en casa".

Zara se sentó en una piedra y esperó a Ale Ardilla. Tito Tortuga sacó su cabeza. "Estás sentada encima de mi casa".

"¡Ay, lo siento!", dijo Zara "¿Qué estás haciendo ahí dentro?".

"Llevo mi casa sobre mi espalda", explicó Tito. "El caparazón es parte de mi cuerpo y me muevo por donde quiera. Me meto para esconderme del mal tiempo y ¡para protegerme de animales como tú!".

"No te voy a lastimar", dijo Zara. "Estoy buscando un hogar".

"Baja hacia el estanque", sugirió Tito. "Esos castores atareados siempre están reparando su casa. Quizás ellos tengan una habitación".

De camino a la presa de los castores, Zara vio algo moviéndose en la tierra.

"¿Hay alguien en casa?".

"¡Fuera de aquí!", gritó Pepo Topo. "Necesito terminar el último cuarto en mi madriguera antes que haga mucho frío".

"Todavía es verano", dijo Zara. "Estás haciendo una montaña de un grano de arena. De cualquier modo, ¿tendrías una habitación para mí?".

"Tengo muchos cuartos. En algunos, hasta guardo comida", respondió Pepo, sorbiendo una lombriz que había caído a través del techo de su túnel.

"Comería casi cualquier cosa", dijo Zara, "pero excavar bajo la tierra no es para mí. ¡Gracias de todos modos!".

"¿Hay alguien en casa?", Zara llamó al otro lado del estanque.

"Claro que hay alguien", respondió Carla Castor, "pero tenemos una fosa alrededor de nuestra madriguera para mantener alejados a animales como tú durante la noche".

"¡Olvídalo!", pensó Zara. "Soy como una ave nocturna pero ¡no quiero nadar para llegar a mi casa!".

Mientras Zara se encaminaba hacia el árbol tan concurrido, un zorro pasó de largo. Inmediatamente, Zara se tiró al suelo y se hizo la muerta. Afortunadamente, Rorro Zorro pasó muy de cerca y se metió en su madriguera. ¡Zara ni preguntó si había alguien en casa!

Ya casi amanecía cuando Zara notó que algunos murciélagos volaban y se metían a una cueva.

"¿Hay alguien en casa?", preguntó Zara.

"¡Fuera!", chilló Mauri Murciélago. "Es nuestra hora de dormir. Toda la noche hemos buscado insectos para comer".

"Necesito una casa", dijo Zara desesperadamente, mientras que otros murciélagos entraban volando en la cueva.

"También yo me puedo colgar de cabeza",
pensó Zara, "y duermo todo el día. ¡Pero todos
esos chillidos y aleteos me volverían loca!".

Ya había amanecido cuando Zara llegó al árbol de roble. Vio un nido de ramitas y corteza forrado con hojas secas. ¡Algo se movía en el interior!

"¿Hay alguien en casa?", ella preguntó.

Ale Ardilla salió de repente. "No te atrevas a tocar a mis recién nacidos", la regañó Ale.

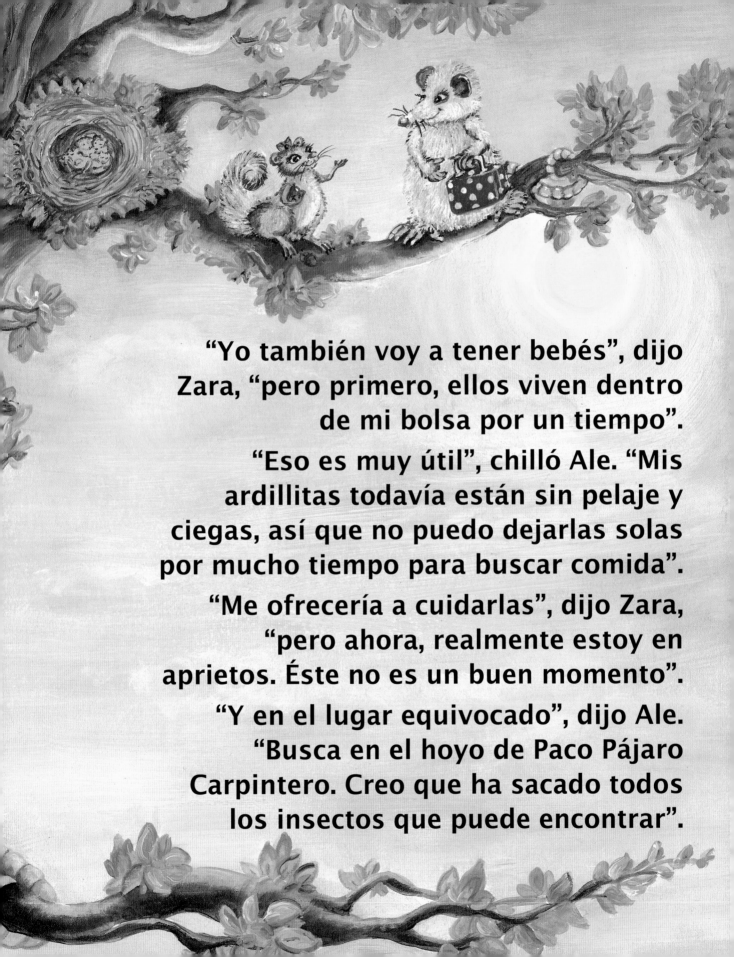

"Yo también voy a tener bebés", dijo Zara, "pero primero, ellos viven dentro de mi bolsa por un tiempo".

"Eso es muy útil", chilló Ale. "Mis ardillitas todavía están sin pelaje y ciegas, así que no puedo dejarlas solas por mucho tiempo para buscar comida".

"Me ofrecería a cuidarlas", dijo Zara, "pero ahora, realmente estoy en aprietos. Éste no es un buen momento".

"Y en el lugar equivocado", dijo Ale. "Busca en el hoyo de Paco Pájaro Carpintero. Creo que ha sacado todos los insectos que puede encontrar".

Zara miró hacia arriba. ¡Paco se iba volando!
"¿Hay alguien en casa?", Zara preguntó al hoyo vacío.
¡No hubo respuesta! Zara se mudó al hueco
abandonado y durmió todo el día.

¡Esa noche nacieron doce crías! ¡Uf!

Para las mentes creativas

La sección educativa "Para las mentes creativas" puede ser fotocopiada o impresa de nuestra página web por el propietario de este libro para usos educativos o no comerciales. Las "Actividades educativas" extra curriculares, pruebas interactivas e información adicional, están disponibles en línea. Visite www.SylvanDellPublishing.com y haga "clic" en la portada del libro para encontrar todos los enlaces.

Los hogares de los animales

Los animales utilizan sus casas para dormir, esconderse de los depredadores, cuidar a sus crías, guardar comida y hasta para protegerse del clima (calor, frío, lluvia o nieve).

Todos los animales encuentran un refugio dentro o alrededor de cosas que encuentran en el hábitat donde viven—seres vivos (en plantas o hasta otros animales) o inertes (en agua, rocas, o tierra).

Algunos animales permanecen en el mismo lugar por largos períodos de tiempo y otros animales pueden construir una casa para pasar cortos períodos de tiempo—lo que tarden en criar a sus cachorros o cuando están viajando.

Los animales utilizan guaridas como guarderías para criar a sus cachorros. Las guaridas pueden ser madrigueras, cuevas, huecos y hasta pequeñas áreas debajo de los arbustos y los árboles.

Las cuevas protegen a los animales del intenso sol durante el día. Ellas también proveen protección contra el viento y el frío. Algunas cuevas son tan profundas que ahí ¡no hay luz solar!

Las grietas angostas en las rocas (fisuras) y los agujeros en los árboles protegen a los animales de los grandes depredadores. La mayoría de los animales no pueden hacer más grandes las fisuras, pero muchos animales pueden hacer más grandes los agujeros. Una vez que tienen un agujero lo suficientemente grande, pueden construir su nido dentro del agujero.

Una madriguera es un agujero o túnel bajo la tierra. Algunas madrigueras tienen una entrada, pero otras madrigueras pueden tener muchas "habitaciones" y varias maneras para entrar y salir. Una vez que un animal excava una madriguera, también otros animales pueden mudarse ahí. Algunos animales se mudan con el que excavó la madriguera. Otros animales, esperan hasta que la madriguera es abandonada antes de mudarse.

Muchos animales construyen sus nidos con trozos de plantas: ramitas, pastos, hojas, agujas de pino y hasta lodo y piedritas. Las aves no son los únicos animales que construyen nidos. También algunos reptiles y peces construyen nidos para poner huevos y cuidar a sus crías.

Ponle nombre a la casa

madriguera

cueva

guarida

nido de ardilla

colmena

uchas arañas tejen sus casas con diferentes tipos de hilo. Algunos hilos son pegajosos y raparán a sus presas. La araña sabe cuáles son pegajosos y cuáles son seguros para que ella mine sobre éstos sin que quede atrapada en su propia trampa.

s castores utilizan sus dientes filosos y fuertes para cortar árboles para así, construir sus sas en forma de domo. A menudo, sus casas están rodeadas de agua para mantener a los andes depredadores alejados. Si el agua no es lo suficientemente profunda, los castores nstruirán diques para subir el nivel del agua.

s topos utilizan sus filosas garras para excavar casas subterráneas con muchas abitaciones". Los túneles tienen varias entradas y salidas para que ellos no sean atrapados por depredador.

s cuerpos de las abejas obreras hacen la cera que ellas utilizan para construir pequeñas ldas en forma hexagonal. Las abejas sujetan estas celdas para construir una casa para la lonia de abejas.

uando los zorros tienen crías, se mudan a pequeñas cuevas o madrigueras abandonadas. Si madriguera vieja es muy pequeña para la familia de zorros, el zorro la cavará para hacer su ueva casa más grande.

s aves construyen sus casas de muchos materiales diferentes. Además de lodo, pasto y mitas, tú puedes encontrar agujas de pino, hilo y hasta envolturas de chicle.

s murciélagos viven en casas oscuras que los protegen de la luz. Mientras cuelgan del techo la cueva, ellos están fuera del alcance de otros depredadores.

neralmente, las ardillas grises utilizan hojas secas y ramitas para hacer sus casas en las furcaciones de los árboles.

las tortugas les gusta disfrutar del sol, pero a veces se refugian en las frescas y arboladas eas donde ellas pueden esconderse mejor de los depredadores. Su casa permanente es una rte de su cuerpo y la ayuda a esconderse y protegerse de agresiones.

s zarigüeyas utilizan las casas abandonadas de otros animales como su refugio.

hueco (agujero)

madriguera

nido

caparazón

telaraña

¿Diurnos o Nocturnos?

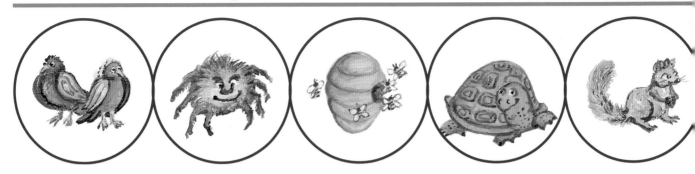

Algunos animales están activos durante el día y duermen por la noche (diurnos) y otros animales duermen durante el día, y están despiertos por la noche (nocturnos). A veces, los animales que son nocturnos pueden ser vistos durante el día. Por ejemplo, Zara Zarigüeya, cargando a sus crías, tenía que pasar más tiempo buscando alimento y un lugar nuevo donde refugiarse. ¿Qué animales son diurnos y qué animales son nocturnos? ¿Hay algún animal que sea ambos?

Pedro Petirrojo recogió ramitas y hierbas para su nido durante el día.

Ana Araña se sentó en su telaraña toda la tarde y hasta las altas horas de la noche esperando capturar a su presa.

Bety Abeja buscó ricas flores con néctar y polen todo el día.

Tito Tortuga disfrutó en un tronco de los tibios rayos de sol.

Después de escabullirse a través los árboles, Ale Ardilla regresó a su nido antes del anochecer.

Pepo Topo estuvo ocupado excavando día y noche antes que afuera se pusiera muy frío.

Carla Castor apiló ramas en su madriguera a la luz de la luna.

Después de cazar toda la noche, Rorro Zorro llevó comida a su familia.

Mauri Murciélago regresó a dormir a la cueva justo antes del amanecer.

Paco Pájaro carpintero voló del hoyo en el árbol antes del anochecer.

Zara Zarigüeya durmió todo el día en el hueco abandonado.

Respuestas: Diurno: petirrojo, abeja, tortuga, ardilla, pájaro carpintero. Nocturno: castor, murciélago, zorro, zarigüeya. Ambos: topo, araña.

Mapa de Zara

Los mapas nos ayudan a "ver" y comprender en dónde se encuentran las cosas en relación con otras. En esta historia, Zara Zarigüeya camina alrededor de su hábitat buscando un nuevo hogar. Ella se encuentra a diferentes animales y observa sus hogares. Para que podamos "ver" y comprender dónde fue Zara, nosotros podemos mirar el mapa del área donde vive.

La rosa náutica muestra la dirección en un mapa. Generalmente, los mapas muestran la parte superior de la página como el Norte. El Sur es siempre opuesto al Norte. Si miras hacia el Norte, el Este está en dirección a tu mano derecha y el Oeste a tu izquierda.

El sistema de coordenadas nos indican en un mapa, la ubicación. Si tú miras el mapa en la siguiente página, podrás ver que hay líneas rojas entrecruzando el mapa. Las filas se encuentran indicadas a un costado con letras y las columnas se encuentran indicadas con números en la parte inferior. Es más fácil decirle a una persona dónde se encuentra algo utilizando el sistema de coordenadas que tratando de describir dónde se encuentra algo en un mapa. Usando los dos mapas inferiores, ¿cómo podrías decirle a alguien que encuentre a la tortuga?

Es más fácil y más preciso indicar que, la tortuga se encuentra en la coordenada G-10 que tratar de indicar que la tortuga se encuentra un poco más arriba de la vereda donde está el árbol, detrás de las rocas.

Utiliza el mapa en la siguiente página para:

- Describir la ubicación de los animales y sus hogares. Por ejemplo, la tortuga está ubicada en la coordenada G-10.
- Describir las rutas y los números de las coordenadas que Zara viajó de un lugar a otro. Por ejemplo, Zara dejó la "X" en el árbol y ha viajado tres coordenadas (cuadros) al este (hacia la derecha).
- Describir la ubicación relativa de un hogar a otro. Por ejemplo, la cueva de los murciélagos está más o menos a 12 coordenadas (cuadros) al oeste de la madriguera de los castores.

North/Norte

West/Oeste

East/Este

South/Sur

9 10 11 12 13 14 15 16

Con agradecimiento a Jaclyn Stallard, Directora del Education Programs en Project Learning Tree (www.plt.org) por verificar la autenticidad de la información en este libro acerca del hogar de los animales.

Library of Congress Cataloging-in-Publication Data

Berkes, Marianne Collins.
  ¿Hay alguien en casa? / by Marianne Berkes ; illustrated by Rebecca Dickinson.
      pages cm
  Summary: Looking for a new home to raise her expected babies, Polly Possum meets a variety of forest animals and learns how they build and live in webs, nests, hives, shells, burrows, lodges, dens, caves, dreys, and even hollows.
  ISBN 978-1-60718-714-1 (spanish hardcover) (print) -- ISBN 978-1-60718-654-0 (spanish ebook (downloadable)) -- ISBN 978-1-60718-666-3 (interactive english/spanish ebook (web-based)) -- ISBN 978-1-60718-618-2 (english hardcover) (print) -- ISBN 978-1-60718-630-4 (english pbk.) (print) -- ISBN 978-1-60718-642-7 (english ebook (downloadable)) [1. Opossums--Fiction. 2. Animals--Habitations--Fiction. 3. Forest animals--Fiction. 4. Spanish language materials.] I. Dickinson, Rebecca, illustrator. II. Berkes, Marianne Collins. Anybody home? III. Title.
  PZ73.B3949 2013
  [E]--dc23
                              2012045033

Anybody Home?: título original en Inglés
¿Hay alguien en casa?: título en Español
Traducido por Rosalyna Toth.

Derechos de Autor 2013 © por Marianne Berkes
Derechos de Ilustración 2013© por Rebecca Dickinson
La sección educativa "Para las mentes creativas" puede ser fotocopiada por el propietario de este libro y por los educadores para su uso en las aulas de clase.

Elaborado en China, junio, 2013
Este producto se ajusta al CPSIA 2008
Primera Impresión

Sylvan Dell Publishing
Mt. Pleasant, SC 29464
www.SylvanDellPublishing.com

J S PICTURE BERKES
Berkes, Marianne Collins.
+Hay alguien en casa? /
R2002617807 MILTON

ODC

Atlanta-Fulton Public Library